I0683515

54

$\mathcal{L}$ b 200.

ESSAI

SUR LES

MOYENS DE SORTIR DU GACHIS

D'AIDER LE PRÉSENT ET DE TRAVAILLER POUR L'AVENIR ;

D'APRÈS UN NORMAND.

R.F.

PRIX : 40 CENTIMES.

En vente chez les Libraires de Rouen et du département ;

ET A PARIS :

Chez DENTU, Libraire, au Palais-National, et GUILLAUMIN et Cᵉ,
rue Richelieu, 14.

1848

PRÉFACE.

—

Depuis trois mois, et malgré les conseils de l'illustre chansonnier qui envoyait la politique au diable, parce que chacun se mêlait de régir l'État, une grande foule de citoyens de toutes les professions ont publié leurs idées sur ce qu'ils croyaient utile d'introduire dans le nouveau pacte social ! Bien qu'on puisse, avec raison, me placer dans la catégorie des politiques dont parle notre Béranger, je veux aussi augmenter le nombre des *conseillers sans mission*, et faire connaître quelques idées que m'ont suggérées mes rêveries sur notre situation, la lecture de nos feuilles publiques, et mes rapports fréquents avec de bons ouvriers du pays de Caux.

Au lieu de les développer dans un volume, qu'on eût refusé de lire, je me suis borné à les formuler en différents conseils ou articles, conseils que j'ai rendus les plus succincts qu'il m'a été possible. Le bon sens de chacun suppléera facilement à mon laconisme, et je me réserve d'ailleurs d'expliquer ultérieurement, et avec plus de détail, plusieurs de mes propositions, dont la mise à exécution paraîtrait difficile au premier examen. Si les conseils que je hasarde ne produisent aucun bien et ne sont pas écoutés, ma conscience me dit au moins qu'ils ne peuvent produire aucun mal, et c'est dans cette conviction seulement que je me décide à les publier.

Flamanville, le 20 mai 1848.

Signé BAILLET.

CONSEILS DIVERS

SUR

LA SITUATION.

Article premier.

Renoncer formellement à toute guerre de propagande, parce qu'elle serait injuste et inique, contraire aux règles de l'humanité et de la véritable fraternité, et aurait d'ailleurs pour résultat infaillible de compléter la ruine de l'industrie, si nécessaire pour assurer le pain des *véritables* travailleurs; pour eux ils devraient aller tuer leurs semblables sur la terre étrangère, pour soutenir la cause de peuples qui redoutent plus notre concours qu'ils ne le désirent, et veulent, avec assez de raison, obtenir, *seuls* et sans le concours de leurs voisins, les améliorations qui leur paraissent utiles dans leurs institutions !!

Art. 2.

Empêcher la mendicité érigée, par trop d'individus, en profession, qui souvent les conduit aux délits et aux crimes.

Pour parvenir à ce résultat, *fournir* des secours aux infirmes et aux vieillards indigents, ne pouvant gagner leur vie, *et pour assurer un travail sérieux et utile aux véritables ouvriers* dans les moments de crise commerciale, décider que les impôts votés en 1847 pour 1848, par l'ancienne chambre des députés, seront, à partir de 1849, augmentés de 25 centimes par franc, *applicables non en faveur de l'état*, mais des communes qui les payent, afin d'assurer ainsi, à celles qui n'ont aucuns revenus (et elles forment l'immense majorité en France), une ressource réelle et efficace pour secourir leurs infirmes et leurs vieillards indigents, et établir, au besoin, pour les ouvriers non occupés de chaque localité (dans les moments de crise), des ateliers de travaux, rendus utiles aux communes par la mise en état des chemins, tirage et approvisionnement de cailloux, défrichement et nivellement de terrains communaux , leur reboisement , etc., etc. Le tout sous la direction de conseillers municipaux , ou d'agents pour ce délégués , et moyennant un salaire équivalant aux deux tiers à peu près de la journée de ces ouvriers, sans qu'il puisse excéder 75 c., 1 fr. ou 1 fr. 50 c. pour les hommes, et 40 c., 60 c. ou 80 c. pour les femmes , et, d'ailleurs , d'après une base établie par les conseils généraux de département , et chaque année.

Décider que cet impôt de 25 centimes sera payé pendant cinq ans, et remplacé, après ce délai , par un impôt de 10 centimes , qui s'augmentera au profit des communes et dans le but dont s'agit :

1° De la moitié à laquelle elles auront droit dans l'augmentation des droits de mutation par succession ou donation ,

Et 2° des amendes à prononcer pour délits d'ivresse, *constatés* sur la voie publique , comme et ainsi qu'il sera ci-après indiqué sous les art. 3 et 4.

A ce moyen , la mendicité serait formellement interdite et poursuivie, et du travail assuré dans le plus grand nombre des communes de l'état , qui, à l'aide d'une réserve de 8 à 10 millions , dont il sera question sous l'art. 8 ci-après , pourrait subvenir aux villes ou communes où cette ressource serait insuffisante.

Dans les communes rurales , les locataires et fermiers . en payant un ou deux cinquièmes de cet impôt de 25 centimes , et n'ayant plus à faire , tous les jours , des aumônes très-nombreuses aux pauvres qui viennent des communes voisines , et leur sont inconnus , réaliseraient une économie qui dépasserait, pour eux, cinquante pour cent.

Art. 3.

Décider que l'ivrognerie est un délit, et que tout individu arrêté ivre sur la voie publique . sera puni par le maire., ou le commissaire de police de la localité où il aura été trouvé dans cet état : à la réprimande , s'il ne paye pas , dans la commune , un impôt supérieur à 25 fr. par an, et à une amende variant de 2 fr. à 10 fr. , suivant que le délinquant payera plus de 25 fr., 50 fr., 100 fr., 150 fr. ou 200 fr. d'impôts , de manière que le citoyen aisé trouvé ivre sur la voie publique , paye plus que celui qu'il l'est moins.

Pour la seconde fois, et sur la réquisition du maire ou du commissaire de police., et sur citation délivrée sans frais par le garde champêtre, le délinquant serait traduit devant le juge de paix du canton . qui prononcerait un jour de prison , ou une amende variant de 5 fr. à 25 fr., dans les cas et les proportions ci devant établis.

Pour la troisième contravention , la condamnation prononcée par le juge de paix , pourrait aller de trois à cinq jours de prison , et l'amende irait de 10 fr. à 50 fr., et le délinquant serait privé du droit de voter pendant deux ans , à partir de la condamnation.

Ces amendes seraient toutes acquises au profit de la commune où le délit aurait été commis.

Supprimer la mendicité, déraciner l'ivrognerie, ce serait faire beaucoup pour la moralisation et le bien-être des travailleurs, et diminuer la cause de bien des misères, d'un grand nombre de délits et de crimes ! ! !

Art. 4.

Condamner aux travaux forcés à perpétuité et à l'exposition publique, tous les fonctionnaires ou agents d'administration ayant un traitement supérieur à 4,000 fr., qui seraient reconnus coupables de concussion, forfaiture ou de vol, etc., dans l'exercice de leurs fonctions.

Quant à ceux ayant un traitement inférieur à 4,000 fr., prononcer les travaux forcés à temps et l'exposition.

La crainte d'un pareil châtiment arrêtera bien des dilapidations et des vols. L'état, loyalement servi, trouvera une économie réelle dans ses dépenses générales qui seront sérieusement faites.

Art. 5.

Décider en principe l'acquisition d'une île ou d'un territoire quelconque hors d'Europe et d'Algérie, où seront conduits tous les individus qui seront condamnés à plus de cinq ans de travaux forcés, et seront occupés, autant que possible, à des travaux qui balancent leurs frais de garde et de nourriture, et contribuent ainsi à leur bien-être personnel.

Les condamnés de cette espèce devront passer, sur ce point, un temps double de celui de leur condamnation; après lequel, ceux qui auraient repris des habitudes laborieuses, concouru au bien-être de leurs codétenus, pourraient, sur la présentation du gouverneur de cette île, être dirigés, s'ils en témoignaient le désir, dans une des maisons centrales à établir en Algérie, et dont il va être question sous le numéro ci-après.

Art. 6.

Etablir, sur cinq points extrêmes de l'Algérie, et dans le voisinage de grands postes militaires, cinq maisons de détention, susceptibles de recevoir chacune 500 prisonniers. Affecter, à chacune de ces maisons, un grand établissement agricole de 500 hectares, au besoin desquels on emploiera les détenus connaissant la culture, en choisissant, pour ces travaux, ceux dont les précédents laisseront moins de crainte d'évasion.

Placer, dans chaque maison, des détenus de chaque profession, afin que dans leur intérieur, l'état puisse faire exécuter les divers travaux nécessaires aux besoins de ses habitants, dont la nourriture sera assurée par l'exploitation, en céréales et en jardinage, des 500 hectares de terre attribués à chaque maison.

Pour adoucir la position de ces détenus, leur attribuer une indemnité équivalant, pour chacun, au dixième de son travail, pendant la durée de sa condamnation.

A l'expiration de ce délai, obliger ces condamnés à passer, dans leur maison centrale, un temps égal à celui de leur condamnation (ou plutôt qui ne puisse être inférieur à cinq ans); mais alors, ils auraient droit à un tiers de la valeur de leurs travaux ; un quart de leurs bénéfices serait mis à leur disposition, pour en user à leur gré ; quant aux trois autres quarts, ils seraient conservés pour former un capital pour chacun au moment de sa sortie. Cette dernière disposition s'appliquerait aussi aux condamnés dont il est question sous le n° 5, et qui auraient obtenu la faveur d'être transférés en Algérie.

Comme chaque maison centrale renfermerait des détenus de toutes conditions, on trouverait, dans son personnel, les éléments nécessaires pour tenir exactement la comptabilité nécessaire, pour connaître la nature, l'importance des travaux de chaque atelier, la quantité et la valeur des produits de l'exploitation agricole, de manière à faire, pour chacun, la part d'indemnité à laquelle il aurait droit.

Décider que, pour tout nouveau délit ou crime, n'emportant pas la peine capitale, commis dans ces maisons centrales, les coupables seront transférés avec les condamnés dont il est question à l'art. 5, et régis comme eux.

Réserver, dans le voisinage de ces maisons centrales, 4,000 hectares de terre, destinés à former, plus tard, un village, dans lequel des lots de terre de 2 à 3 hectares, avec habitation, seront offerts, moyennant une redevance très-modérée, à ceux des détenus qui, ayant fini leur temps, voudraient rester en Algérie et s'éviter la honte de revenir dans leur pays sous le coup de la flétrissure dont ils auraient été atteints ; le capital qui leur serait remis en sortant de la maison centrale, les mettrait à même de s'établir dans ces petites exploitations, et de s'associer même, pour un délai qui ne pourrait être moindre de trois ans, avec un autre libéré de leur profession, pour faire valoir en commun leur exploitation.

Décider que, plus tard, on établira, dans le voisinage de chacune de ces maisons centrales, une maison de *détention*, pouvant contenir cent filles ou veuves de vingt-cinq à trente ans, qui seraient choisies parmi les filles de la campagne connaissant un peu la couture et les travaux des champs, et ayant encouru des condamnations excédant quatre ans ; on pourrait les employer à certains travaux utiles à chaque maison centrale, soit pour l'aiguille, soit pour les soins à donner aux bestiaux, soit pour les récoltes de céréales.

A ce moyen, les hommes non mariés ou veufs qui, en sortant de leur maison centrale, songeraient à se fixer dans les villages dont il est question ci-dessus, pourraient trouver à se marier, s'ils en avaient le désir, à une personne de leur choix, dans le nombre de celles des filles condamnées, dont le temps de réclusion serait expiré.

Les individus qui se fixeraient ainsi dans les villages, pour s'éviter la honte de reparaître dans leur pays, et ayant subi le temps d'épreuve dont il est question ci-dessus, formeraient de bons centres de population ; et, après avoir repris des habitudes laborieuses, ils se réhabiliteraient à leurs propres yeux, et deviendraient de bons citoyens, utiles à l'Algérie.

ÉCONOMIES.

Art. 7.

Maintenir, pendant cinq ans, le décret qui a fixé une réduction sur les traitements, et le réviser après ce délai, afin de rémunérer, d'une manière convenable, les services de chaque fonctionnaire.

Art. 8.

Au lieu d'augmenter l'armée, la réduire successivement à 200,000 hommes, dont 130,000 d'infanterie, et 70,000 de cavalerie, artillerie, génie, etc.

Pour obvier à cette diminution de l'armée active, dont le tiers devra être maintenu bien des années encore en Algérie, créer une armée de réserve restant à la disposition de l'état, et composée de tous les garçons de vingt à vingt-cinq ans, susceptibles du service, et non pris pour l'armée active; les organiser en compagnies et bataillons cantonaux, les obliger à faire l'exercice pendant deux heures tous les dimanches; savoir : tous les quinze jours pendant l'hiver, et tous les huit jours pendant l'été.

Fixer, au chef-lieu de chaque canton, un officier, ayant traitement d'activité, chargé de veiller à cette organisation et de faire faire des manœuvres de bataillon aux diverses compagnies réunies, lorsqu'elles connaîtront convenablement le maniement des armes.

Former une légion de tous les bataillons d'un même arondissement, et les placer sous le commandement supérieur, mais paternel d'un officier établi au chef-lieu.

Les légions du même département seraient sous les ordres du général commandant la division.

Ce mode d'opérer donnerait à l'état une armée de réserve de 7 à 800,000 hommes qui ne coûteraient rien, puisqu'ils resteraient à leurs travaux, et qui, après un an d'exercice, formeraient une force sérieuse au besoin, et susceptible, par son organisation, d'être portée sur les points où sa présence serait utile.

Cette réduction de l'armée, la diminution des traitements, la suppression des emplois inutiles, la surveillance plus sévèrement organisée pour empêcher tout gaspillage, mauvais emploi ou détournement des deniers publics, donneraient une économie de plus de 100 millions par an, dans les dépenses; ce qui servirait à remplacer, pour l'avenir, les impôts supprimés ou diminués, et à mettre en réserve 8 ou 10 millions, pour aider les villes et communes qui ne trouveraient pas de ressources suffisantes dans la mesure proposée sous l'art. 2.

Art. 9.

En maintenant, d'une manière exacte, l'organisation des gardes nationales; comprendre, dans la garde nationale susceptible d'être mobilisée, tous les citoyens non mariés âgés de vingt-cinq à trente-cinq ans; les obliger à faire, au moins douze fois par an, l'exercice pendant deux heures; on obtiendrait ainsi une force de plus de 1,200,000 hommes, pouvant, au besoin,

BIBLIOTHÈQUE NATIONALE R. F. IMPRIMÉS

venir au secours de l'armée de réserve, et soutenue elle-même par le surplus des gardes nationales.

Art. 10.

En maintenant, pour 1849, l'impôt de 45 centimes décrété par le gouvernement provisoire, et destiné à boucher les vides qu'éprouveront les diverses recettes du trésor public.

Donner, aux membres actuels des conseils généraux de département, la mission de s'organiser par arrondissements, pour vérifier, par eux-mêmes, le droit de certains citoyens à ne pas payer cet impôt, *et réviser, à cet égard, tout ce que les nouveaux maires auraient pu décider,* parce qu'il y a lieu de craindre que les exemptions accordées ne l'aient pas toujours été (par un certain nombre d'entre eux) avec discernement, et n'aient été un moyen de travailler les élections.

RESSOURCES NOUVELLES pour aider à l'extinction de la dette publique, et servir à la moralisation des travailleurs et à leur bien-être.

Art. 11.

1° Augmenter les droits de mutation par suite de succession ou donation; savoir : de 1/2 pour 100 en ligne directe, 2 pour 100 en ligne collatérale, et 5 pour 100 entre étrangers.

Appliquer la moitié de ce nouveau droit aux caisses de l'état ; et l'autre moitié à celles des communes dont la situation des biens donnerait ouverture aux droits, et cela pour les causes indiquées sous l'art. 2.

2° Imposer toutes les créances hypothécaires seulement, et supérieures à 1,000 fr., à raison de 1/2 pour 100 de l'intérêt qu'elles produisent d'après les titres constitutifs ; réviser, dans ce sens, le décret du gouvernement, qui va beaucoup trop loin.

3° Rétablir le timbre sur les journaux, le journalisme étant une industrie privée, et non un apostolat, comme trop des intéressés essayent mensongèrement de le faire croire, et l'industrie de la presse devant, comme les autres, contribuer à augmenter les ressources de l'état, au moins pendant cinq ans.

4° Au lieu de songer à exproprier les chemins de fer, ce qui serait une spoliation d'autant plus déplorable que l'état manque de fonds, prélever, pendant cinq ans, le dixième des intérêts et des dividendes que les lignes en activité payent à leurs actionnaires, et que leurs conseils d'administration verseraient directement à l'état, ce qui n'occasionnerait aucuns frais de perception.

Et décider que cette mesure sera applicable aux lignes qui, avant l'expiration de ce délai de cinq ans, viendraient à être mises en activité.

En procédant ainsi, ces chemins *feront retour à l'état, après l'expiration de leurs délais de concession.* Quant aux lignes dont les concessionnaires n'obéiraient pas aux lois relatives à leur autorisation, l'état pourrait les exproprier, en suivant les règles fixées, à cet égard, dans leur contrat de constitution et de création.

A ce moyen, on n'empêchera pas, pour l'avenir, toute idée de grande association, dans la crainte d'une expropriation ou dépossession nouvelle, ce qui laisserait le gouvernement à la merci de tous les banquiers, quand il faudrait recourir à eux, et former des emprunts pour les grands travaux dont il voudrait l'exécution.

Enfin, on ne détruirait pas ainsi l'idée d'association, quand par leurs actes, certains membres du gouvernement semblaient tous désirer l'association du travail et du capital ! ! !

5° Au lieu de toucher à la propriété des officiers ministériels, pour en assurer le monopole à l'Etat, et créer ainsi, à ses divers agents, des moyens plus faciles de corruption ou de camaraderie, s'il s'en trouve (et on peut le craindre) qui veuillent en faire, respecter cette propriété, et pour les titulaires le droit de présenter des successeurs; en échange de ce droit de présentation, réduire, pendant cinq ans, à un pour cent l'intérêt de leurs cautionnements. Surveiller avec exactitude le prix des transmissions d'offices, afin qu'ils soient en rapport avec les produits. Décider que toute dissimulation dans les prix entrainera la destitution immédiate de ceux qui s'y seront prêtés, leur libération vis-à-vis des prédécesseurs qui l'auront imposée; et que les tribunaux, dans le ressort desquels de pareilles mesures deviendraient nécessaires, choisiront, en assemblée générale, et à la majorité des voix, trois jeunes gens, *sans fortune* (ou dont les père et mère ne payeront pas au-delà de cent francs d'impôt), travaillant depuis cinq ans au moins, de manière à bien connaître et remplir la fonction qui sera devenue vacante par suite d'une révocation. Le choix du ministre de la justice ne pourrait porter que sur un de ces jeunes gens.

Les diverses ressources analysées ci-dessus devraient augmenter les recettes du trésor de plus de 160 millions, et par ce que l'Etat recevrait en plus, et par ce qu'il payerait en moins pour intérêts des cautionnements ci . . . . 160,000,000 fr.

Art. 12.

EMPLOI DE CES NOUVELLES RESSOURCES.

Pendant cinq ans, on appliquerait :

1° 100 millions à l'acquit de la dette publique; ci. . . 100,000,000 fr.

2° 6 millions à améliorer la position des instituteurs primaires; et, en attendant que les ressources du trésor permettent de faire davantage, on ferait un premier pas, et un considérable, leur prouvant qu'on veut s'occuper d'eux, et exciter leur zèle, pour s'occuper plus activement des enfants qui leur sont confiés, ci. . . . . . 6,000,000 fr.

3° 5 millions, pour commencer en Algérie la construction des cinq maisons centrales, dont il est question sous l'article six qui précède ; organiser cinq bataillons de travailleurs, maçons, briquetiers, tailleurs de pierres, terrassiers, plâtriers, chaufourniers, charpentiers, et les diriger sur les points où ces maisons devraient être édifiées ; ci. . . . .   5,000,000 fr.

4° 2 millions, pour créer en Algérie dix grandes fermes, réunissant chacune quinze familles, et s'associant pour y travailler pendant dix ans, aux conditions et d'après les idées émises dans une brochure que j'ai publiée en janvier 1848 (1) sur la colonisation de l'Algérie ; ci. . . . .   2,000,000 fr.

Inviter les membres du conseil général d'un même département agricole à composer le personnel des familles et du directeur à attacher à une même exploitation, afin de mettre un grand soin à ne choisir que de bonnes familles de travailleurs, qui, venant des cantons ou communes limitrophes, s'habitueraient avec plus de facilité à leur nouvelle existence; les frais généraux de nourriture et d'exploitation prélevés, les bénéfices seraient attribués aux directeurs, aux colons et à l'État, bailleur de fonds, d'après les bases indiquées dans ma brochure ; l'État, en faisant la fortune de ces colons, s'enrichirait lui-même, rentrerait, avant l'expiration des dix années, dans les frais de création de chacune de ces grandes fermes, et, distraction faite des lots de terre, qu'il abandonnerait en toute propriété à chaque famille de colon, il aurait à sa disposition, à la fin de chaque association, des terres en bon état de culture, ayant acquis une grande valeur relative, et qu'il pourrait vendre avantageusement, et dont le produit servirait encore à l'acquit de la dette publique. Cette initiative de l'État exciterait des particuliers et des départements à en faire autant, et activerait la colonisation de l'Algérie, si indispensable à la France.

5° 2 millions à créer en France, par voie d'association aussi pour dix ans, et d'après les idées ci-dessus, sur les portions de territoire non cultivées, et susceptibles de l'être avec avantage, dix grands centres de culture, composés à peu près de la manière et avec les conditions ci-devant exprimées ; ci. . . . .   2,000,000 fr.

Au moyen de la création de ces centres d'agriculture en Algérie et en France, composés chacun de quinze familles, on utiliserait chaque année, pendant cinq ans, trois cents familles de travailleurs pauvres, qui seraient

(1) Elle se trouve, à Paris, chez Dentu, au Palais-Royal, et Guillaumin, rue Richelieu, 14.

assurées de trouver l'aisance et une fortune relative dans la position qui leur serait offerte, et loin de s'imposer un sacrifice, l'Etat, tout en faisant une œuvre bonne en soi, ferait une opération très utile au trésor.

6° 5 millions à délivrer aux *travailleurs ouvriers* des deux sexes, *en prix* qui seraient attribués à ceux qui se seraient signalés le plus par leur moralité, leurs habitudes sobres et laborieuses, leur attachement à leurs familles, et leur dévouement à leurs semblables, ci. . . .   5,000,000 fr.

Total . . . . .   120,000,000 fr.

Ces travailleurs seraient choisis parmi les hommes non mariés, de vingt-cinq à trente-cinq ans, et les filles, de vingt-quatre à trente ans, ne vivant que de leur travail, chez des étrangers, comme ouvriers de l'industrie ou de l'agriculture, et de toutes les professions, ou domestiques, sans qu'on pût admettre à ce concours les enfants d'industriels ou de cultivateurs, employés chez leurs parents, qui, bien qu'utiles travailleurs, ont des ressources à espérer de leurs familles.

Ces 5 millions seraient distribués entre les départements, eu égard à leur population. Cette première répartition faite, la somme allouée à un département serait répartie par le conseil général à chaque arrondissement, eu égard à sa population, pour composer des prix de 1,000 francs chacun. Cette opération terminée, les noms des cantons d'un même arrondissement seraient placés dans une urne, et on tirerait au sort les noms des cantons auxquels les prix d'arrondissement devraient échoir.

Après que le sort aurait désigné les cantons favorisés d'un ou plusieurs prix, on ferait une opération semblable, en plaçant dans l'urne les noms des communes d'un même canton, afin de fixer ainsi les communes auxquelles ces prix se trouveraient définitivement échus (sans, toutefois qu'une même commune, ou une section de population dans les villes, pût avoir plus d'un prix de 1,000 francs).

Lorsque le sort aurait ainsi désigné les communes ou les sections de villes ayant droit à ces prix, *qui alors seraient divisés en deux prix*, une commission du conseil municipal de chaque localité, opérant sous la présidence du maire ou d'un adjoint délégué, se livrerait à une enquête, pour reconnaître d'une manière positive l'ouvrier et l'ouvrière qui, dans sa circonscription, paraîtraient les plus dignes de ces prix.

Pour s'éclairer, cette commission inviterait les travailleurs des deux sexes à se présenter par groupes, qui ne pourraient excéder vingt à la fois, pour faire connaître ceux que, dans leur opinion, ils jugeraient les plus dignes de ces récompenses.

Cette enquête durerait quinze jours, et après ce délai, la commission municipale, après s'être ainsi renseignée, fixerait son choix à la majorité, et le ferait connaître par une délibération consignée sur le registre des délibérations de la commune, et les prix seraient délivrés à ceux qui les auraient obtenus, en séance publique du conseil municipal, et par le maire.

Art. 13.

Comme les recettes nouvelles, indiquées sous l'article 10, sont évaluées à 160 millions, ci. . . . . 160,000,000 fr.

Que les dépenses nouvelles, indiquées sous l'article 11, sont de 120 millions; ci . . . . 120.000,000 fr.

Il resterait un excédant de recettes de 40 millions; ci   40,000,000 fr.
Cette somme serait employée d'abord aux frais d'établissement de la retraite des condamnés, dont il est question sous l'article 5, et pour le surplus, aux besoins généraux de l'Etat, et à l'acquit de sa dette publique.

Art. 14.

Respecter l'inamovibilité de la magistrature; elle est la sauvegarde de la société et de la liberté des peuples. Si on la compose d'agents révocables, elle n'inspirera plus de respect; elle ne sera plus que l'instrument passif des divers individus qui, en escaladant le pouvoir, remplaceront de bons magistrats par des créatures dévouées aux passions de leurs protecteurs.

Qu'à l'avenir un magistrat ne puisse plus quitter son siége, pour occuper les fonctions de député, parce qu'elles lui font négliger ses devoirs de magistrat, et parce que les soins à donner à ces deux emplois ne lui permettent pas de les bien remplir tous deux.

Que l'avancement dans la magistrature n'ait lieu que sur la présentation des chefs de corps au moins pour trois quarts; que le ministre de la justice ne puisse disposer que d'un quart des nominations; elles seront ainsi meilleures, et ne serviront plus de prix aux services de quelques députés; les corps judiciaires seront mieux recrutés et plus respectés.

Art. 15.

Déclarer les fonctions publiques salariées incompatibles avec celles de député; et si pour avoir, dans la Chambre, quelques hommes spéciaux pour concourir à la rédaction des lois, cette défense paraît trop rigoureuse, décider que *chaque département* ne pourra élire plus d'un député fonctionnaire; et que dans ce cas le choix ne pourra porter que sur des citoyens âgés de cinquante ans au moins, parce qu'alors ils apporteront à la Chambre l'autorité de leur expérience acquise par vingt ou vingt-cinq ans de fonctions publiques, ce qui les rendra plus aptes à éclairer les matières en délibération, avantage qui ne se rencontre pas chez les citoyens beaucoup plus jeunes qui veulent, quand ils sont fonctionnaires, devenir députés, pour conquérir un avancement plus rapide, et ne peuvent ainsi acquérir toutes les connaissances utiles pour remplir leurs devoirs comme fonctionnaires, et surveiller activement ceux qui sont placés sous leurs ordres.

Art. 16.

Au lieu de songer à supprimer le budget des cultes, sous le prétexte de faire des économies, le maintenir au contraire; la société ne pouvant subsister sans religion , et devant , par cette raison , pourvoir aux besoins des membres du culte, dont la mission est d'enseigner la morale, la charité et la fraternité , et de former de bons citoyens servant Dieu et leur patrie.

Art. 17.

Rapporter le décret qui a supprimé la contrainte par corps , comme illégal et propre à favoriser la mauvaise foi de tous les escrocs prêts à signer des obligations, qu'à l'avance ils savent ne pouvoir remplir, et leur offre trop de moyens de faire des dupes.

Si ce décret a été utile pour expédier dans les provinces et produire au grand jour , et mettre en place certains individus se disant républicains de la veille , mais criblés de dettes, son maintien prolongé s'opposerait à la confiance nécessaire pour les transactions du commerce.

Art. 18 et dernier.

Faire procéder, sous le plus bref délai possible , à l'organisation des municipalités , par le libre vote des citoyens , justifiant qu'ils sont domiciliés depuis un an au moins dans les communes où ils seront appelés à voter, afin de remédier à l'inconvénient du provisoire actuel , qui , à la faveur de la crise commerciale, semble s'être principalement occupé , dans certains endroits , de créer, *non des ateliers de travail ,* mais des brigades de votants , et d'auxiliaires à toutes les mauvaises passions, et à toutes les pensées de désordre.

Conclusion.

Je soumets ces quelques idées (pour ce qu'elles valent) à l'attention de tous les citoyens amis du pays, de la liberté avec l'ordre , et de tous les vrais travailleurs ; je les soumets aux hommes honnêtes qui , dans la presse, réclament l'économie dans les dépenses, la liberté pour tous, l'ordre dans la rue et sur les places publiques , et qui combattent les rêves creux , les théories dangereuses ; à l'aide desquels on peut bien entasser des ruines , mais sans rien faire d'utile et de profitable pour le pays et les travailleurs de tous les états.

Il me semble qu'à procéder d'après ces idées , on ne travaillerait pas à organiser le despotisme et la tyrannie , mais à fonder la véritable liberté , la véritable fraternité ; et puisqu'on a déjà fixé la durée du travail , on arriverait maintenant à l'assurer, dans les temps de crise commerciale , à chaque ouvrier dans sa commune , et à lui assurer des secours dans la vieillesse. En déracinant l'ivrognerie , on détruirait une de ses principales causes de misère ; il s'habituerait à plus d'ordre. En lui évitant le contact journalier des repris de justice (au moins avant que ceux-ci n'eussent passé un temps d'épreuves assez long dans une des maisons de correction dont j'ai parlé) , il serait moins exposé à recevoir de mauvais conseils , de dangereux enseignements. En proscrivant la mendicité , et en établissant des ressources qui n'en permettent plus l'usage dans chaque commune ; en encourageant l'instruction primaire ; on relèverait petit à petit la dignité humaine, on formerait de bons citoyens, on contribuerait au bien-être de tous, sans se jeter dans *l'application forcée de systèmes dangereux*, qui pourraient bien créer l'égalité dans la misère, sans faire le bonheur de personne ; on encouragerait les idées d'association, *mais on n'en ferait pas la loi commune*, ce qui conduirait à l'impossible et à l'absurde !

Il me semble qu'avec l'adoption de ces idées, la confiance se rétablirait promptement, et, par suite, le commerce et le travail. Au lieu de continuer à remuer le pays, à le troubler, on le reconstituerait d'une manière plus avantageuse pour tous ses véritables travailleurs.

Puis, pour compléter l'œuvre de la tranquillité et donner de nouveaux gages de sécurité, on ferait bien de s'arrêter dans la voie de la suppression d'impôt, qu'on sera obligé de remplacer par d'autres ; dans la constitution dont on s'occupe, on ferait bien aussi de réviser ce qui concerne les élections.

Ainsi, par exemple, il serait bon :

1° Que chaque arrondissement eût un ou plusieurs députés à nommer, suivant sa population, afin qu'ils aient une représentation sérieuse, qui ne soit pas imposée par le chef-lieu de département, où la population électorale étant plus nombreuse, et ayant plus de facilités pour se réunir et se concerter, imposerait toujours ses choix ;

2° De modifier l'âge auquel un citoyen pourrait devenir député ou représentant ; on a beau être républicain, *même de la veille*, l'expérience ne gâte rien pour faire de bons législateurs, et, à *vingt-cinq ans*, on a beaucoup à apprendre encore, de quelqu'esprit naturel qu'on soit doué ; or il ne me paraîtrait pas mal d'exiger qu'un représentant eût quarante ans : à cette époque de la vie, on est moins accessible aux entraînements, aux séductions des idées nouvelles ; on apprécie avec plus de sang-froid ;

3° De fixer à vingt-cinq ans au moins l'âge auquel les citoyens pourraient concourir aux élections ; car l'élection d'un député est un acte grave, qui mérite une sérieuse attention, et à vingt-cinq ans on a déjà plus de maturité qu'à vingt-un ans ; puis, il me paraîtrait assez utile que le votant *payât* un impôt quelconque, ne *fût-ce* que la cote personnelle (à ce sujet, je persiste dans les observations que j'ai faites à la page 23 de ma brochure sur l'Algérie). A raison de la crise dans laquelle nous sommes, chacun a mis du zèle à se rendre aux élections ; mais ce zèle se soutiendra-t-il ? Je ne le crois pas ! ! !

Et il me paraît difficile de compter toujours sur un grand empressement à se déplacer, de la part de citoyens qui ne possèdent que leurs bras pour soutenir leurs familles, et auxquels ces déplacements occasionnent toujours une perte de temps et de petites dépenses.

Au moins s'ils votaient dans leurs communes respectives ?...

Il y aurait encore bien à dire, sans pour cela être réactionnaire, etc., etc.; au moins l'inconvénient serait moins grand.

Quant aux élections municipales, on ferait bien d'exiger qu'un citoyen

ne pût être éligible , à moins qu'il n'ait trente ans , et cinq années de rési-
dence dans la localité , dont il aurait eu ainsi le temps de connaître et d'é-
tudier les besoins; puis , pour bien administrer une commune , il faut encore une certaine expérience , il faut de la prudence dans les mesures qui
quelquefois sont à prendre , au lieu d'entraînements , quelque bons qu'ils
soient ! ! ! Il me paraîtrait utile encore que les votants *payassent* au moins
l'impôt personnel.

Quant au service de la garde nationale , il constitue un véritable impôt ,
insignifiant dans les communes rurales, où les gardes nationaux ne se réunis-
sent que très-rarement et toujours le dimanche ; il n'en est pas de même
dans les villes , où les jours de garde peuvent se répéter assez souvent ; il
n'est pas raisonnable de faire peser un pareil impôt sur des citoyens qui
sont obligés d'avoir recours à un travail journalier pour vivre et alimenter
leurs familles ; sous le prétexte de faire de l'égalité , on fait un acte anti-
fraternel , en obligeant un travailleur, sans ressources personnelles , à venir monter sa garde , quand il aurait besoin d'aller gagner sa journée.

Si maintenant on veut le faire figurer sur les contrôles de la garde nationale , avec la volonté de le dispenser du service , on inscrit un mensonge
dans la loi, et le mensonge, quel qu'en puisse être le motif, est toujours déplorable , surtout dans une loi !

Si on veut organiser les gardes nationaux d'une manière sérieuse , et les
obliger, en conséquence , à faire de temps à autre l'exercice *même dans les
campagnes ,* on devrait dispenser de ce service les citoyens qui ne payent
pas l'impôt personnel ; parce que le dimanche , jour où ces exercices pourraient avoir lieu , est le jour où l'ouvrier de la campagne s'occupe de ses
affaires personnelles , soigne son petit jardin , etc. ; et qu'il serait plus fraternel de le laisser au repos , dans sa famille , que de l'obliger encore à venir faire quelques heures d'exercice , et à continuer, le dimanche, ses fati-
gues de la semaine; il n'en est pas de même de celui qui paye un impôt ;
car il possède , et par cela même , il doit contribuer aux charges de la con-
servation commune.

De pareilles idées courent les rues ; mais enfin l'espèce de fièvre qui tra-
vaille le pays est telle, que ce qui constitue du gros bon sens n'est pas
toujours ce qu'on suit, et le sens commun ne résiste pas *partout et toujours*
aux grandes phrases et aux mots à effet, et aux rêveries, dont tant de gens
font une dépense considérable , pour faire des dupes et des victimes.

Je crois que ces conseils, ayant pour but la probité , la moralité, la vé-
rité, n'ont rien de contraire aux principes de la liberté , de l'égalité, et de
la véritable fraternité !

Flamanville-en-Caux , le 20 mai 1848.

Signé BAILLET.

ROUEN. — Imp. de H. Rivoire, rue St-Étienne-des-Tonneliers , 1.

216

www.ingramcontent.com/pod-product-compliance
Lightning Source LLC
Chambersburg PA
CBHW061424170626
46811CB00005B/2120